余光中作品集 06

白玉苦瓜

Seeming awake yet asleep, in a light slow and soft,
Seeming, idly, to wake up from an endless slumber,
A gourd is ripening in leisureliness,
A bitter gourd, no longer raw and bitter
But time-refined till its inner purity shows.

余光中

目錄

白玉苦瓜

附錄

成果而甘
——九歌最新版序

《白玉苦瓜》是我的第十本詩集，初版於一九七四年，也就是三十四年前，正當我的盛年，可稱我的代表作。生命走到這一站，詩藝探到這一層，我自覺已達成熟的穩境，以後無論怎麼發展，自信已有相當的把握。這些作品都寫於我赴港定居之前，對於我以前的詩集可以算一個結論：

一首詩，曾經是瓜而苦
被永恆引渡，成果而甘

當年決定去香港，多少有一點冒險：環境變了很多，挑戰當然不少，好在生命正旺，詩興不竭，不久也就進入了情況，找到了新的座標，在大陸與島嶼之間定了位。

《白玉苦瓜》裏的五十多首詩，主題與詩體相當多元，其中有好多首格律工整，語言單純，有意無意之間近乎歌詞，頗受我在丹佛那兩年愛聽美國民謠與搖滾樂的啓發。當時我發現：現代詩主知多年，太冷了，怎麼能比搖滾樂的熱力。所以就半自覺地寫下了從〈鄉愁〉、〈鄉愁四韻〉、〈民歌〉到〈江湖上〉、〈民歌手〉、〈搖搖民謠〉的系列作品；結果竟引起了戴洪軒、楊弦、李泰祥等音樂家的共鳴，並轉而激發了所謂現代民歌與校園歌曲的運動。

詩與音樂結婚，乃生歌，與繪畫相戀，乃有意象與比喻。紀弦當年大聲疾呼，強調詩是詩，歌是歌，兩者必須分家。他強調現代詩該用散文來寫，當時的用意原在挽救新月派單調而淺顯的「韻文化」，有其文學史發展的背景，無可厚非。但是當年「自由詩」對「格律詩」的反動，不免矯枉過正，所以一面雖然跳出了「韻文化」，另一面卻又陷入了「散文化」。其結果是迷途至今，大半的所謂「自由詩」不幸都擺脫不了「散文化」，不但讀來無味，在朗誦會上也欠缺效果。今日的現代詩喪失讀者，尤其是聽眾，這也是一大原因。現代詩要成功，在詩藝上必須兼顧情與意。意，見於主題的呈現，而情，則有賴感性的訴求，也就是音調與意象的經營加交配。目前的現代詩仍耽於鋪張意象而疏於安排音調，結果是意象龐雜，節奏散漫，主題不清。

當年楊弦、李泰祥發軔於先，羅大佑、侯德健發揚於後，其他的作曲家與歌手風起雲湧，頗能擴充現代詩的領域，其餘韻嫋嫋迄今。近年我在台灣各地演講，仍然有中年聽眾告訴我，他們沒有忘記李泰祥與楊弦的歌曲。上月我應黃敏惠市長之請去嘉義訪問，她的晚宴別出心裁，設在一家叫「玩美煮藝」的餐館，席上的八道菜都以我的詩命名，內容也巧妙地配合詩意。例如〈鄉愁四韻〉就用分成四格的別緻淺盤來盛，而〈白玉苦瓜〉更廣求苦搜，用有機農場的清純苦瓜，剖成兩半，塡以米飯烤成。黃市長爲了證明她當年不但讀過我的詩，而且至今還記得如何吟唱，席間眞的就唱了起來，令我十分感動。

〈鄉愁〉、〈鄉愁四韻〉、〈民歌〉幾首，多年來引起廣泛的共鳴，並一再收入各種選集與台灣、大陸、香港、新加坡的語文課本。〈鄉愁〉一首在各地轉載之頻，不下千次。我到各地講學，常有學生、歌手或演員登台朗誦或演唱。爲此詩作曲者，包括楊弦、王洛賓、沈亞威、鄭文德等，不止十人。上海的呂詠鳴將它譜成蘇州評彈，並獲頒二〇〇四年的「中國曲藝牡丹獎」。南京的晁岱健爲之譜曲，今年一月更在北京保利戲院盛大發表，由男高音戴玉強，女高音湯燦，二胡王行科，薩克斯風范聖琦，鋼琴神童龔天鵬，分別領著中國歌劇舞劇交響樂團演出。我常笑說：〈鄉愁〉流傳之廣，簡直成了我的名片，但是名片太大了，幾乎把我遮住了。

大陸的媒體常稱我爲「鄉愁詩人」，這名號原是褒詞，卻「小看」了我。迄今我已成詩千首，其中以鄉情與懷古爲主題者不下百首，但是詠歎其他主題，如親情、友情、愛情、人物、詠物、自述、世局、造化等等的，還有更多。就算我一首鄉愁之作都沒有寫過，我仍然算得上多產、多元的詩人吧。

譬如本書的主題詩〈白玉苦瓜〉，說它寫的是鄉愁固然不錯，但它同時也是一首詠物詩。又如〈飛將軍〉，寫的是李廣，可稱懷古，也可稱詠史，但它挑動的一根心弦卻是整個民族的大記憶，隱隱仍是時間的鄉愁。又如〈老戰士〉，正面寫的雖是晚近的歷史，但〈八卦〉裏面所寫的就複雜得多，似乎包含了遠古與晚近，又像在回憶，又像在預言，又像用玄學的自然現象來影射人事。

另一方面，因台灣而觸發的主題也包括了〈車過枋寮〉、〈慈雲寺俯眺台北〉、〈起飛〉、〈降落〉、〈西出陽關〉、〈斷奶〉、〈虎年〉、〈霧社〉、〈碧湖〉等幾首。至於〈江湖上〉、〈小時候〉、〈蓮花落〉、〈收藏家〉、〈海棠紋身〉、〈積木〉、〈盲丐〉、〈呼喚〉、〈樓頭〉、〈守夜人〉、〈投胎〉、〈詩人〉等作，則是向一具多面體的水晶尋找自我定位與心靈歸宿的諸般投影了。

最後，對於三十四年前出版此書的姚宜瑛女士，仍應深深致謝。《白玉苦瓜》在大地出版社已印了十九版。隔了這麼多年，詩人與出版人都老了，但那隻白玉苦瓜仍靜靜地夢著，醒著，在故宮博物院裏。世界在外面變了太多，但那隻苦瓜應仍不改其甘吧。

余光中

九十七年三月

《白玉苦瓜》各版序言及後記

詩的勝利

——一九七四年大地版初版序

從前有一個小小孩，出生在一塊大大陸，頭上戴的是高高的天，祖先祈禱時仰望的天，腳下踩的是厚厚的土，祖先血汗灌溉的土。但是小小孩並不滿足，每天他怔怔看外國地圖，津津有味地，咀嚼那些奇異的名字，心想哪一天才能走出生我的天地，異鄉異國任我去遨遊？

一晃就是三十年。小小孩變成了中年人，時間，是最好的化妝師，心猶熱，霜髮已冷冷。三十功名塵與土，八千里路雲和月。走出那一塊大大陸，走破幾雙浪子的鞋子，異鄉異國，走來走去，繞多少空空洞洞的圈子？再回頭，那一塊大大陸可記得從前那小小孩，春，夏，秋，冬，他曾經俯仰於其中？家，眞的是一座圍城，裡面的人想出來，外面的人想進去？還是少年想出來，中年想回去？

究竟是什麼在召喚中年人呢？小小孩的記憶，三十年前，后土之寬厚與博大，長江之滾滾千里而長，巨者如是，固長在胸臆，細者即如井邊的一聲蟋蟀，階下的一葉紅楓，於今憶及，亦莫不歷歷皆在心頭。不過中年人的鄉思與孺慕，不僅是空間的，也是時間的，不僅是那一塊大大陸的母體，也是，甚且更是，那上面發生過的一切。土地的意義，因歷史而更形豐富。湖北，只是一省，而楚，便是一部歷史，一個夢，一首歌了。整塊大大陸，是一座露天的巨博物館，一座人去台空的戲台，角色雖已散盡，餘音嫋嫋，氣氛仍然令今人低徊。

人是這樣，筆也是這樣。少年時代，筆尖所沾，不是希頗克靈的餘波，便是泰晤士的河水，所釀也無非一八四二的葡萄酒。到了中年，憂患傷心，感慨始深，那枝筆才懂得伸回去，伸回那塊大大陸，去沾汨羅的悲濤，易水的寒波，去歌楚臣，哀漢將，隔著千年，跟古代最敏感的心靈，陳子昂在幽州臺上，抬一抬槓。懷古詠史，原是中國古典詩的一大主題。在這類詩中，整個民族的記憶，等於在對鏡自鑑。這樣子的歷史感，是現代詩重認傳統的途徑之一。現代詩的三度空間，或許便是縱的歷史感，橫的地域感，加上縱橫相交而成十字路口的現實感吧。不肯進入民族特有的時空，便泛泛然要「超越時空」，只是一種逃避。以往的現代詩，太像抽象畫了。

《白玉苦瓜》容納我四年來的作品五十多篇，是我的第十本詩集。除了前面的六篇是在美國寫成，其餘的都是三年前回國後的作品。書以「白玉苦瓜」爲名，也許是因爲這一首詩比較接近前面所懸「三度空間」的期望吧。故宮博物院珍藏的白玉苦瓜，滑不留指的瑩白玉肌下，隱隱然透現一片淺綠的光澤，是我最喜歡的玉品之一。我當然也歎賞鬼刀神工的翠玉白菜和青玉蓮藕之類，但是以言象徵的含意，仍以白玉苦瓜最富。瓜而曰苦，正象徵生命的現實。神匠當日臨摹的那隻苦瓜，像所有的苦瓜，所有的生命一樣，終必枯朽，但是經過了白玉也就是藝術的轉化，假的苦瓜不僅延續了，也更提昇了眞苦瓜的生命。生命的苦瓜成了藝術的正果，這便是詩的意義。短暫而容易受傷的，在一首歌裡，變成恆久而不可侵犯的，這便是詩的勝利。

——六十三年詩人節前夕

詩之感性的兩個要素

——一九七四年大地版後記

一位詩人過了四十五歲居然還出詩集，該是一件值得慶幸的事。華滋華斯的傑作，多在三十七歲以前完成，四十五歲以後，便真箇江郎才盡了。柯立基和安諾德的情形，也大致如此。繆思，好像是不喜歡中年的，更無論老年了。當然，認眞追她的詩人，到了四十、五十以後，倒是眞能微聞薌澤的。至於七十歲的詩翁竟贏得繆思青睞屢顧的，也不乏前例。相形之下，西方的詩觀似乎強調青春，中國人就似乎看得淡些。希臘的詩神阿波羅，同時也是青春之神，中國人則強調「庾信文章老更成」，強調老樹著花，大器晚成。華滋華斯和史雲朋，到了晚年，還在詩中津津樂道童年，中國詩人則絕少這種現象。相反地，中國的古典詩歌詠中年的哀樂和老年的感慨，最多傑作。西方的觀念，認爲詩應狂放不羈，至於散文，則是一種「文雅的藝術」（a civil art）。中國的詩觀比較講究溫柔敦厚，中年的沉潛和少年的激越同樣受到重視。一般說來，中國的詩人進入成熟期，都比較曠達而自然，不像葉慈那樣既驚且怒，也不像白朗寧那樣虛張聲勢。

中國雖有江郎才盡之說，實際的例子反而不像西方多。創作力持續之謎，說得玄祕一點，簡直上通天機，不可思議，說得掃興一點呢，也許下通生理，跟什麼「腺」之類的不無關係，當非靈感派的詩人所願接受。除了人力不能控制的因素而外，主觀的堅持和努力仍是決定性的條件。三年前，我在一篇文章裏曾經揚言，說什麼「在踏入地獄之前，假使容我選擇帶一個伴侶，則我要選擇的不一定是詩，而且一定不是西洋現代詩」，當時頗令一些學朋詩友懷抱杞憂，擔心從此我將棄繆思而去。事實上，「現代詩與搖滾樂」裏的那一番話，是激於現代詩之冷與搖滾樂之熱，炎涼對比之下，有感而發。現代詩爲什麼冷？搖滾樂爲什麼熱？簡單說來，是因爲前者的形式不容易讓人親近，內容又不太切合時代與環境，而後者恰恰相反。當時我身在美國，浪蕩已有兩年，心情幽遠而寥落，創作也十分歉收，面對搖滾樂的誘惑，不免怨起現代詩來。前引那一番話，不過是要氣氣繆思，表示天下之美，不盡在卿。那只是情人吵架，當不得眞的。

我是在六十年六月底回國的。學府和文壇的朋友，熱切的學生和讀者，忙碌的市民和渾厚的鄉人，電話鈴，限時信，門鈴門鈴，一回到這一切的中間，無論是國難之大或私情之小，都覺得十指連心，怎麼也瀟灑不起來。記得回國的第一夜，百感蝟集，時空的輪轉，鄉情的震撼，令我失眠。聽著鄰居後院幽沉的蛙譟和廈門街巷底深邃的犬吠，眞眞感覺自己是回來了。第二天一大清早的雞啼和賣豆腐女人的呼喊，使回來的感覺更形眞切。因爲這一切就是中國，從詩經的第一句起就是如此，每次聽到，都令人打心的巷底響起迴聲，嫋嫋難絕。就這樣，人回來了，心回來了，詩，也回來了。

我和音樂之間的關係，還需要交代一下。意象與節奏，原來是詩之感性的兩個要素。節奏感與音調感可能因人而有小異，但是詩人而缺乏一隻敏感的耳朵，是不可思議的。音調之高低，節奏之舒疾，句法之長短，語氣之正反順逆，這些，都是詩人必須常加試驗並且善爲把握的。自從現代詩反傳統以來，不少作者連中文的基本聲調都忽略了，結果一首詩不是音不副義，甚或音義相左，在聲調上「表錯了情」，便是完全喪失了節奏的張力，成爲一首「啞詩」。國語只有四聲，少了一個峭急險驟的入聲，新詩的音域先天上已經比古典詩狹窄。剩下來的四聲，如果還不能充分發揮功用，新詩的音樂性，也就難怪要日趨貧乏。有一次和芳明談詩，曾自稱是新詩人中最愛在情緒的高潮和行末用去聲字的作者。技巧上的這種苦心，論我的文章裏幾乎從未加以分析。我認爲，凡是成功的現代詩人，沒有一位不是在音樂性上別有建樹的。這一點，除了溫任平等極少的評論家外，也幾乎無人論及。

詩和音樂結婚，歌乃生。十年前，誰要是爲了歌去寫一首詩，就會有追求「流行」的嫌疑。這種爲晦澀殉道的高等幻覺，在今日，已經是落伍了。不說搖滾樂正是詩與歌的結合，即使「正宗」的現代詩人如奧登等，也寫過不少歌謠體的詩。如果詩人和作曲家視「流行」爲失節，面對唱片，電臺、電視，只曉得退守一隅，自艾自怨，那就只有註定「冷藏」的份了。歌，正如發行刊物和舉辦朗誦會一樣，也是現代詩大衆化的一個途徑。當社會需要歌，好聽又有深度的歌，詩人就應該滿足這需要。

當然，並不是每一位詩人都必須寫歌，也不必每一首詩都爲歌而寫。可以想見，有許多必須熟讀深思的現代詩，那意境只容慢慢咀嚼，那形式也只有眼耳並賞，原不必與歌強爲配合。中國詩的古風和律詩，西洋詩的十四行和無韻體等等，都是與歌無涉的。我們不能想像杜甫的「北征」怎麼唱法。我只是覺得，一位詩人的創作，不妨在幾個不同的層次上進行，既可以寫深刻的詩，也可以寫平易的歌。

至於我自己，對於詩與音樂的結合，是頗有興趣與信心的。《白玉苦瓜》之中，和歌有關係的作品，竟然將近十首，便是最好的說明。譬如〈鄉愁四韻〉一首，便是音樂家戴洪軒要我寫的，據戴先生說，已經有四五位作曲家譜成了歌。另有青年歌手楊弦將它譜成了民謠，在今年六月一日的「胡德夫民謠演唱會」上，和胡德夫、李敏合唱，並且伴以鄧豫德的鋼琴，陳雪霞的古箏，和周嘉倫的提琴，聽衆千餘人的反應很是熱烈。此外，音樂家李泰祥曾將〈民歌〉與〈海棠紋身〉譜曲，還有一位劉文六先生也將一首〈雲〉（未收集中）編成了歌；可惜我自己都還沒聽到。歌的生命不應該僅止於五線譜上或演奏會中，它應該傳誦於街頭巷尾，活在廣大青年的唇間。看來詩人和音樂家還有一大段路要走。

我向來不記日記，一來因爲已經太忙，二來因爲作品便是最眞實的記錄了。在付印的前夕，把這些記錄再翻閱一遍，感覺之中，四年的經驗，個人的，希望也是民族的，似乎在這裏留下了一泓倒影。其中〈小時候〉和〈蒙特瑞半島〉四年前發表在紐約一份留學生的刊物上，沒有再在國內的刊物登載。〈落磯大山〉和〈大江東去〉兩首，發表以後，自己頗不滿意，在付印前夕乃大加修改，現在的形式和當日發表時，已有甚大差別。以前我沒有這樣的習慣，現在才發現，如果改得好，是可以把一首壞詩救活過來的。

這本集子裏的不少作品，發表以後，曾引起或大或小或正或反的反應。四年來，對我的詩鼓勵有加而且形於文字披諸報刊的，包括陳芳明、碧竹、梅新、楊子、管管、關雲、石公、孫同勛、陳鼎環、姚一葦、陳克環、羅青、劉紹銘、李元貞、溫任平、林亨泰、林鍾隆、馮雲濤，和香港的楊晉、凝凝、也斯、蕭艾、凡妮、連心、雅倫等多位先生，當時不及一一致意，現在請容我利用《白玉苦瓜》出版的機會，向他們說一聲謝謝。對於寫信給我而竟然不獲回信的部份讀者，也請在這裏接受我的歉意：我所以如此無禮，不是因為當時太忙，太累，便是因為來信的要求已超出我的能力之外，使我答覆為難。

另有某些讀者來信，說要閱讀或者評析我全部的詩作，問我一共有多少作品。我只能簡單地說，到《白玉苦瓜》為止，我一共出版了十卷詩集，俱見書末所附單行本一覽。其中的前四種已經絕版。至於早應問世而迄未出版的，尚有兩種：其一為創作年代介於《天國的夜市》和《鐘乳石》之間的一卷《跳高者》；另一則為包括〈天狼星〉，〈大度山〉和〈憂鬱狂想曲〉的長篇詩集，寫作時期約當《蓮的聯想》前後。《跳高者》的剪稿散失殆盡，事隔十多年，風格亦已嫌舊，除了滿足某些讀者的「收集癖」之外，恐怕已無多大出版的價值了。至於那部長篇詩集，價值應當略高，但是短期內也出不來了。

——六十三年端午之夜

破除現代詩沒有讀者的謠言
——一九七四年大地版三版序

《白玉苦瓜》初版於去年七月，迄今十三個月，即將三版面世，作者頗感欣慰。「現代詩沒有讀者」這謠言，想來甚是可笑。

一本書出版後，立刻面對兩項考驗。第一項是市場，以量取勝。第二項是批評，以質爲準。到了這時，名義上這本書仍屬於作者，但是自身的命運，已不是作者所能控制的了。《白玉苦瓜》出版之後，不但臺港兩地有評多篇，香港出現了海盜版，而且直接間接還催生了一場民謠演唱會，現在又正準備三版，上述兩項考驗似乎勉可通過。這本書，先天的稟賦來自作者，後天的養育則有賴出版人姚宜瑛女士。再版三版，出版人當然「與有功焉」。

第三版的《白玉苦瓜》，是名副其實的新版。本書初版是在去年七月，我去香港中文大學教書則在去年八月底，其間我曾去霧社山上主持「復興文藝營」。該地原爲四十六年前山胞抗日壯烈事件的遺址，於今烈士碑前，英雄坊下，忠魂義魄，猶令人低迴不能自已。三版增列的這兩首〈霧社〉與〈碧湖〉，正是當日感奮之作，算是有詩爲證吧。

——六十四年八月於臺北

杜甫有折舊率嗎？

——一九八三年大地版十版序

《白玉苦瓜》出版迄今不到九年，即將十版，出版人姚宜瑛女士要我發表一點感想。

安迪・瓦荷說：在大衆傳播的現代社會，每人輪流出名五分鐘。流行的東西有一個共同的致命傷，就是既快又高的折舊率。詩，從來不是什麼流行的東西，所以也沒有什麼折舊率的問題。對於屈原或杜甫，折舊率似乎毫無作用。

《白玉苦瓜》快要十歲了，這孩子身體好像不錯。平均一年一版，表示讀者對他相當照顧。銷路當然不是健康的唯一標準，幸喜詩選家、詩評家、作曲家等等對他也不算冷淡。即以「入樂」一項而言，先後把這些作品譜曲甚至出唱片的，就有戴洪軒、楊弦、李泰祥、羅大佑、張炫文、鄭華娟等幾位先生。這也可說相當「小眾化」了。對這些小眾，我很感謝。

十版以後，甚至二十世紀以後，又如何呢？身爲母親，我早已盡了心血。在未來的風霜雨露裏，我相信《白玉苦瓜》能夠照顧自己。

——七十二年一月於沙田

白玉苦瓜

江湖上

一雙鞋，能踢幾條街？
一雙腳，能換幾次鞋？
一口氣，嚥得下幾座城？
一輩子，闖幾次紅燈？
答案啊答案
在茫茫的風裏

一雙眼，能燃燒到幾歲？
一張嘴，吻多少次酒杯？
一頭髮，能抵抗幾把梳子？
一顆心，能年輕幾回？
　答案啊答案
　在茫茫的風裏

爲什麼，信總在雲上飛？
爲什麼，車票在手裏？
爲什麼，惡夢在枕頭下？
爲什麼，抱你的是大衣？
　答案啊答案
　在茫茫的風裏

一片大陸，算不算你的國？
一個島，算不算你的家？
一眨眼，算不算少年？
一輩子，算不算永遠？
答案啊答案
在茫茫的風裏

——民國五十九年一月十六日於丹佛

自註：本詩的疊句出於美國年輕一代最有才的詩人與民歌手巴布．狄倫的一首歌Blowin' in the Wind。原句是The answer, my friend, is blowin' in the wind, the answer is blowin' in the wind.「一片大陸」可指新大陸，也可指舊大陸：新大陸不可久留，舊大陸久不能歸。

白霏霏

溫柔的雪啊你什麼也不肯說
嚶嚶婉婉謎樣的叮嚀
向右耳，向左耳
那樣輕的手掌溫柔的雪啊
那樣小的唇

如果仰面，就有一千個吻

落在我臉上，美麗的癢
你該叫白霏霏溫柔的雪啊
只有女友有那樣白的嘴唇
那樣白的手

一開就落，那是什麼樣的樹？
一吻就失蹤，什麼樣的嘴唇？
一抖就放手，什麼樣的手？
什麼樣的潔癖溫柔的雪啊
一踐就死亡？

在愛斯基摩的冰圓頂下
仰臉，舉臂，像一個孩子

且張開饞了好久好久的嘴唇
只為舔一舔溫柔的雪啊
小時的記憶

——民國五十九年一月二十六日於丹佛

小時候

小時候，在大陸，在母親的懷裡
暖烘烘的棉衣，更暖，更暖的母體
看外面的雪地上，邊走邊嗅
尋尋覓覓，有一隻黃狗
重重闔上黑皮金字的舊約，她說：
「猶太人亡國已經兩千年
猶太人吹散在世界各地

腳下，不是猶太人的土
頭頂，不是猶太人的樹
整個民族，就睡在雨裡，風裡
在夜夜哭醒的回國夢裡
有一個家——是幸福的」

母親，她死了已不止十年
以色列人已回去以色列
現在是我在外面的雪地上
就我一人，在另一個大陸
零亂的腳印走不出方向
仰天，仰天
欲發狼嗥的一匹狂犬

小時候，在大陸……

——民國五十九年二月於丹佛

蓮花落

我想在我們這一代，最後
該有個乞丐從冷魘中醒來
揮起他的打狗棒
牙印斑斑的打狗棒
猛敲猛捶昏黃的月亮
把月亮敲成半缺的銅鑼
把一條街的叫化子全吵醒

幾十根打狗棒圍打月亮
把月亮敲成一面戰鼓
激昂的鼓聲昇起，昇起
把月亮昇成一面戰旗
高於一切的犬吠，鬼哭
鼾聲，一切失眠的訴苦
在長於歷史的，那一夜裏

——民國五十九年二月七日丹佛

蒙特瑞半島

到此，半島便探入汪汪的藍
一片松濤，三面海嘯
桀厲的老鴉，似怒，似笑
茫茫的靜，靜靜的喧囂

這是大陸的手指，指向未知
向魚向龍向燈塔

向船向島向晚霞
風說的似乎還不止這些

枝柯盤錯，成黑銹的青銅
而猶欲探臂下攫
攫林中之石，石上之我
烏衣巫的老鴉，在作法，磔磔

松林之外，是海豹，海鷗
鷗外，豹外，是空空的海
空空的藍水晶球空空地浮
大哉太平洋，日球，與月球

那一邊，該是花蓮的峭壁，宜蘭
更遠是廈門，錢塘，江南
在水球，在日球，月球之外
空空的祖國啊茫茫地轉

——民國五十九年三月於加州

落磯大山

一隻花栗鼠都不許越出
七十三峰，深深將冰宮鎖閉
朝見落磯，地載不下的
就堆上天去，夕見落磯
逼人磅磅礴礴難呼吸
蒼蒼絕處是皚皚
仰也仰不盡的雪峰，仰上去

吐霧，吞雲，吹雨
寒武紀參冷冷的天機
十里風翻松濤
隱隱，聽萬壑呼應的噓息
山中一寐世上是千年
想此番下山
更無人能將我覷識

看月來月去
悠悠一串轉念珠
念山外是海，海上是孤島
島外茫茫是一望大陸
未歸有人在落磯高處

看日起日落，把朝朝
看成了暮暮

山中忽忽怎麼已兩載
山外，而今是什麼朝代？
來時怎麼山是山，雲是雲
而今坐是老僧，行是翩翩的鶴群
重九日，從此處下山
走向一個劫後的世界
牛羊死了一地

——民國六十年六月六日於丹佛
——民國六十三年六月修正於臺北

歌贈湯姆

傑姆斯・狄恩是對的
不到三十
就應該自殺
或者是交通失事
放一把火吧，湯姆・瓊斯
燒掉你的卷髮

燒掉你整隊的跑車
遊艇，和彩色電視
燒掉倫敦和拉斯·維加斯
湯姆·瓊斯，我的好孩子
威爾斯來的，應該回威爾斯
唱
爲黑臉黑肺的村民
你的背後
威爾斯的海
搖一把電吉打伴奏

——民國六十年八月二十二日

調葉珊

死後三年
切勿召朋呼友
上我的墓來誦詩，飲酒
小便後，對月光一股勁兒發抖
說鬼，談狐，講低級的笑話
耳根辣辣地
把花生殼撒得我一頭

最後大家靜下來
蟋蟀哀哀的清歌中
忽然有誰說：
「喂我說余光中那小子
去了那裏頭
該再也寫不出詩來了吧！」
切勿切勿
就在你背後
冷沁沁地
一個死不服氣的鬼，咦，怎麼
豎起

——民國六十年八月三十一日

當我年老

當我年老，高峻的額頭
就響起星斗
將我蛀穿的聲音
那樣恐怖的清醒
此外整個世界都十分沉寂
咳一聲嗽
滿城都空洞有迴音

震落紛紛的灰塵和蜘蛛
和一隻太陽，滿結蛛網
等月亮也落下來
我便捧住
和著涼涼的潮水吞下
一丸安眠藥那樣仁慈
然後睡去

——民國六十年八月二十八日

收藏家

小時候
他收集蝴蝶和風箏
和春天其他的一些標本
但那些華麗的翅膀
而且脆弱
一吹就斷了

高三起
他收集車票和戲票
——全撕了角
爲了一種瘟病叫戀愛
可終於收集不到
那女孩

然然他收集自己的美名
聽衆的掌聲
讀者的信
幾捆以後已經很疲勞
一把高額的冥鈔
那樣子握著

四十歲以後他不再收集什麼
除了每晚袋一疊名片
一疊蒼白難記的臉
回去餵一根憤怒的火柴
看餘燼裏竄走
一隻蟑螂

——民國六十年八月二十四日

鶴嘴鋤

吾愛哎吾愛
地下水爲什麼愈探愈深？
你的幽邃究竟
有什麼樣的珍藏
誘我這麼奮力地開礦？
肌腱勃勃然，汗油閃閃
鶴嘴鋤

在原始的夜裡一起一落

原是從同樣的洞穴裡
我當初爬出去
那是，另一個女體
爲了給我光她剖開自己
而我竟不能給她光
當更黑的一個礦
關閉一切的一個礦
將她關閉

就這麼一鋤一鋤鋤回去
鋤回一切的起源

溯著潮潮溼溼的記憶
讓地下水將我們淹斃
讓礦穴天崩地摧場下來
溫柔的夜
將我們一起埋葬
吾愛哎吾愛

——民國六十年八月二十五日

八卦

暮色中
那牯嶺街的盲叟說
一個銅板卜一個卦

天已經很老，很澹，也很聾
那些世襲的星座
怎麼把那張臉蛀得那樣子空？

沒有仙人不窮
沒有仙人乘得起黃鶴
天已經很晚很晚很晚了啊
崑崙山上
有人，向一隻巨耳嘶喊

地也是一樣，愈陷就愈深
如果這遼闊是我們的搖籃
那麼手，你究竟要搖睡
或是搖醒？　睡眠
太昏沈，魘呼叫不斷千年的鼾聲
后稷到現在，這土地
一次春天吸一次奶

老搖籃搖得出多少嬰孩？

有些山猛站起來像要攫天
才撲到雪線上
就迷了路，獸蹄愈走愈稀
苦寒不耐的獵人
把神話就留給那一片皚皚
星宿海星宿海
剖一道新的水源，餵我們
我們口渴，剖，剖新的神話！

曾經，遍地是江湖，沼澤，水
滔滔而來，滾滾而去

潮退後，河流也改道
仍有那許多漁翁
守定乾陷的老河床畔
候魚，候船，候上游的融雪
不聽黃河在遠方說
我到那裏，岸，就到那裏

不但河流改道風也要改向
如果到了秋天
如果從西面來
難道就不夠颯颯爽爽？
爲了大氣要深呼吸，爲了旗
要飛，波波浪浪要掀起

遲到的風你就來吧
一切在等你你在等誰？

風捲不掉的就交給火
去燒個乾淨
那毒舌的怪獸呼嘯
最壯麗最最健康的死亡
降者降，昇者上昇
黑重的還給地，澈澈清清的
還給高空，這就是葬禮
所謂革命，向來從南方亮起

於是涼涼的雨新新的雨

落在龜裂的地圖上落著雨
就仰起我們的臉來承接
爲了小孩那樣的渴望
雨下在長城的雉堞上
在基隆港，在灰色的瓦上
雨是古老的歌仁慈的吻
雨是輕輕的嘴唇親誰的嘴唇

雨是預言裏的雨
預言是山上的預言
天已經不早了，有人在呼叫
河對面山背後是誰在呼救？
風怎麼還不來，火，火怎麼還不？

死寂中，乾燥而空
緊繃成一張鼓啊的地面在等待
下來吧，第一聲雷！

——民國六十年八月十二日草稿
——民國六十一年五月二十五日寫定

民歌手

給我一張鏗鏗的吉打
一肩風裏飄飄的長髮
給我，一個回不去的家
一個遠遠的記憶叫從前
我是一個民歌手
給我的狗
給他一塊小銅錢

江湖上來的，該走回江湖
走回青蛙和草和泥土
走回當初生我的土地
我的父，我的母
給我的狗
給他一根肉骨頭
我是一個民歌手

風到何處，歌就吹到何處
路有多長，歌就有多長
草鞋就有多長，河水多清涼
從下游到上游

我是一個民歌手
歲月牽得多長
歌啊歌就牽得多長

多少靴子在路上，街上
多少額頭在風裡，雨裡
多少眼睛因瞭望而受傷
我是一個民歌手
我的歌
我涼涼的歌是一帖藥
敷在多少傷口上

推開門，推開小客棧的門

一個新釀的黎明我走進
一個黎明，芬芳如詩經
茫茫的霧晶晶的露
一個新的世界我走進
一邊唱，一邊走
我是一個民歌手。

民歌

傳說北方有一首民歌
只有黃河的肺活量能歌唱
從青海到黃海
　風　也聽見
　沙　也聽見

如果黃河凍成了冰河

還有長江最最母性的鼻音
從高原到平原
魚　也聽見
龍　也聽見

如果長江凍成了冰河
還有我，還有我的紅海在呼嘯
從早潮到晚潮
醒　也聽見
夢　也聽見

有一天我的血也結冰
還有你的血他的血在合唱

從A型到O型
哭　也聽見
笑　也聽見

——民國六十年十二月十八日

海棠紋身

一向忘了左胸口有一小塊傷痕
爲什麼會在那裏，是刀
挑的，還是劍
削的，還是誰溫柔的唇
不溫柔的詛咒所吻？
直到晚年
心臟發痛的那天

從鏡中的裸身他發現
那塊疤，那塊疤已長大
誰當胸一掌的手印
一隻血蟹，一張海棠紋身
那扭曲變貌的圖形他驚視
那海棠
究竟是外傷
還是內傷
再也分不清

——民國六十年十二月十八日

車過枋寮

雨落在屏東的甘蔗田裏
甜甜的甘蔗甜甜的雨
肥肥的甘蔗肥肥的田
雨落在屏東肥肥的田裏
從此地到山麓
一大幅平原舉起
多少甘蔗，多少甘美的希冀

長途車駛過青青的平原
檢閱牧神青青的儀隊
想牧神，多毛又多鬚
在哪一株甘蔗下午睡

雨落在屏東的西瓜田裏
甜甜的西瓜甜甜的雨
肥肥的西瓜肥肥的田
雨落在屏東肥肥的田裏
從此地到海岸
一大張河床孵出
多少西瓜，多少圓渾的希望
長途車駛過纍纍的河床

檢閱牧神纍纍的寶庫
想牧神，多血又多子
究竟坐在哪一隻瓜上

雨落在屏東的香蕉田裏
甜甜的香蕉甜甜的雨
肥肥的香蕉肥肥的田
雨落在屏東肥肥的田裏
雨是一首淫淫的牧歌
路是一把瘦瘦的牧笛
吹十里五里的阡阡陌陌
雨落在屏東的香蕉田裏
胖胖的香蕉肥肥的雨

長途車駛不出牧神的轄區
路是一把長長的牧笛

正說屏東是最甜的縣
屏東是方糖砌成的城
忽然一個右轉，最鹹最鹹
劈面撲過來
那海

——民國六十一年一月三日於墾丁

山雨

霧愈聚愈濃就濃成了陣雨
人愈走愈深就走進米南宮裏
路愈轉愈暗就暗下來吧黃昏
墨點點墨點成的墨景
更多的霧從谷底蒸起
究竟，是山在雨裏
或是雨在山裏

一座小亭子怎麼說得清？
聽！
森森矗立，林蔭的深處
一聲鳥
把四壁空山囀成了一句偈

——民國六十一年一月四日於溪頭

雨季

眉眼半遮，深秋這城市
摘也摘不掉的層層灰雲
毛毛的，斜戴成一頂舊帽子
天上黯黯，地上流漾著反光
倒映放學的孩子走過
巷底有濕瀝瀝的迴聲
——這樣子的半下午

蔥油的香味來自廚房
該有長長的航空信來自遠方
密封秋晴金碧的朗爽
但雨天的信箱總是空著
愈壓愈重啊低低的雨季
傘是一種黑鬱鬱的義肢
滿街裝飾殘廢的行人
曾經，雨夫人的孩子我是，曾經
那樣歡迎她，我張開手臂
「下來吧下樓來吧雨媽媽
彎下你腰來垂下你長長的頭髮
拂我的臉呵我的腳心
癢癢的亂絲裏讓我迷失

跟我玩水玩一整個下午
跟蝸牛跟鴨子跟青蛙，呱呱
跟梧桐跟簷角跟屋瓦
把屋頂敲成一張古琴」
我不再歸於雨季雨不再喊我
去院子裏玩，去橋上，堤上
放學的路上一步一水塘
公寓的陰影圍過去
圍過來陰影圍過去
圍成一方無蛙的井底
——這樣子的黃昏
該搖醒一枝燭來，聽雨
聽她哼一首溫柔的童歌

——民國六十一年一月十四日

積木

詩成，才驚覺雨已經停了
全睡著了吧下面那世界
連雨聲也不再陪我
就這樣一個人守在塔上
最後的孤獨是高高的孤獨
——二十年後，依然在寫詩
搭來搭去，依然是方塊的積木

只是這遊戲
一個人玩未免太淒然
從前的遊伴已經都長大
這老不成熟的遊戲啊
不再玩，不再陪我玩
最後的寂寞註定是我的
二十年後，依然在玩詩
依然相信，這種積木
只要搭得堅實而高，有一天
任何兒戲都不能推倒
一座孤獨
有那樣頑固

——民國六十一年一月十五日

鄉愁

小時候
鄉愁是一枚小小的郵票
我在這頭
母親在那頭

長大後
鄉愁是一張窄窄的船票

我在這頭
新娘在那頭

後來啊
鄉愁是一方矮矮的墳墓
我在外頭
母親在裏頭

而現在
鄉愁是一灣淺淺的海峽
我在這頭
大陸在那頭

電話亭

不古典也不田園的一間小亭子
時常，關我在那裏面
一陣淒厲的高音
電子琴那樣蹂躪那樣蹂躪我神經
茫然握著聽筒，斷了
一截斷了的臍帶握著
要撥哪個號碼呢？

撥通了又該找誰？

不過想把自己撥出去
撥出這匣子這電話亭
撥出這匣子這城市
撥出這些抽屜這些公寓撥出去
撥通風的聲音
撥通水的聲音
撥通鳥的聲音
和整座原始林均勻的鼾息

——民國六十一年一月三十一日

慈雲寺俯眺臺北

千門萬戶重疊成好一堆惘然
紅塵也無所謂
煙火也無所謂
老病生死也無所謂
一聲木魚
敲寂了下面那世界

千竅豁然貫通，即始即終
無所謂從前
無所謂以後
無所謂戶籍確鑿吧現在
日落時
風把一炷香靜靜接去

如果有一拂飄飄的僧袖
四海隨我去雲遊
如果袖中有一隻葫蘆
寧可打酒
也不願把下面纖纖那世界啊
裝在裏頭

——民國六十一年二月四日

鏡

公開的禁區，公開幾寸？
好小的一面魔沼你要當心
吹什麼風怎麼吹不皺水銀？
傳說那裏面有一個水鬼
傳說那水鬼
有一個秘密不告訴人
不告訴人，除非有一條路

玻璃的迷幻走得進去
除非進去後你立刻
把冷晶晶關上，不留水紋

否則那啞謎仍然是啞謎
（好平的魔沼啊你要當心）

傳說那裏面的世界叫從前
說從前淹死在裏面
——後來就流行起那個傳說
漣漪不生，好壞的魔沼啊
從不脫下它的面具
看玻璃張著薄薄的一層邊界

誰也不准通過
不，連你也不准
在邊界上張望了好久，好久
除了現在，什麼也沒有窺見

——民國六十一年四月二十四日

老戰士

橋下流水橋不流，年年七七
那老傷口就回過頭
就回過頭來咬他
彈疤擰曲的左脅下
狠狠咬，咬他發疼
三十多年的老傷口
驚醒，一陣激越的號聲

摧天折地，一排排的炮聲
自蘆溝橋的那頭，隱隱，揚起
月光失色，蒼蒼白白
他便像蘆溝橋那樣子
躺下來，非血非汗非流水
便滔滔從橋洞下流去
水流橋不流，三十年後
一張舊傷口陪他醒在這裏
一張沒齒的舊傷口，仍然燙手
撫過來撫過去
撫不盡的壘壘塞外摩挲到江南
他撫摸中國像中國撫摸過他
撫不平的壘壘記憶不平

亦血亦汗亦淚亦流水
打他的指縫湍湍流去
水流橋下，橋，不流
蘆溝橋是永久
蘆溝橋是永永久
宛如頭髮稀了，頭髮掉了
忘不掉小時候，母親的手
牙齒掉了，忘不掉牙疼

——民國六十一年九月二十八日

俳句十二行

深深青草，淺淺水石
腹語呼——應著腹語
黛綠爲背，白淨爲肚皮
鼓動月光冷冷的玄機
古中國似有意
蠢蠢的夏夜似有意
委池上的隱者爲代舌人

然則咕咕乎呱呱乎
反來覆去在說些什麼？
群蛙頓歇
——寂靜
寂靜在說些什麼？

——民國六十一年十月一日

羅二娃子

羅二娃子他家就在牛角溪的對岸
那年夏天漲大水，斷了木橋
我跟羅二娃子
只好隔水大喊，站在兩岸
喊些什麼並不要緊
要緊是喊的本身，我喊，他應

兩張充血的喉嚨，奮然
要飛越上游的山洪滾滾而下
十幾丈寬的急湍隔著
羅二娃子喊，他家的花娘娘
上星期生了一窩小狗
我喊，我那隻寶貝蟋蟀死了
什麼時候你再幫我捉一隻？
「水一退我就過來！
我送你一隻小花狗！」
不久天色就暗暗壓下來
黃漿滔滔，兩岸搖搖
水聲翻騰，拍散我們的呼聲
「再見！再見！」

羅二娃子一陣子揮手
就變成夜的一部份了
後來再沒有見到羅二娃子
我跟家裏就離開了四川
童年，就鎖進那盆地裏
在最生動最強烈的夢裏，現在
仍然看見他，羅二娃子
浮浮沉沉向我游過來，揮動雙臂
只是河，怎麼愈游愈寬，水聲愈囂鬧
孩子的呼聲愈拋愈弱小
三十年的洪水撲向我喉道
船，呑掉，橋，呑掉，一切都呑掉的洪水
不能爲兩個朋友悲呼而退潮

啊羅二娃子！

——民國六十一年十月十一日

自註：羅二娃子是四川話，「羅家老二」的意思。這首詩最好用四川話來朗誦。

盲丐

想起鄉國，爲何總覺得
又餓又冷又空又闊大
不著邊際的風終夜在吹
隱隱有一隻古月在吠
路愈走愈長蜃樓愈遙遠
一枝簫，吹了一千年
長安也聽不見，長城也聽不見

腳印印著血印，破鞋，冷鉢
回頭的路啊探向從前

也乞食新大陸
也浪蕩南半球
走過江湖流落過西部
重重疊疊的摩天樓影下
鞭過歐風淋過美雨
闖不盡，異國的海關與紅燈
世界在外面竟如此狹小
路長腿短，條條大路是死巷
每次坐在世界的盡頭

爲何總聽見一枝簫
細細幽幽在背後
在彼岸，在路的起點喚我回去
母性的磁音喚我回去
心血叫，沸了早潮又晚潮
一過楚河，便是漢界
那片土是一切的搖籃和墳墓
當初搖我醒來
也應搖我睡去

回去又熟又生那土地
貧無一寸富有萬里
那土地，憑嗅覺也摸得回去

不用狗牽何須杖扶
膝印印著血印，似爬似跪
盲丐回頭，一步一懺悔
腿短路長，從前全是錯路
一枝簫哭一千年
長城，你終會聽見，長安，你終會聽見

——民國六十一年十月十三日

上山

相偕登山的
是一傘，一杖，一老僧
才抵山腰
傘已化成
天清地爽，好一陣冷雨
雨停失杖
縱橫亂石

一根千歲的古藤
垂下去，垂，隱隱
雨後釣深谷的水聲
走到山頂
怎麼才一回頭
竟渾不見僧，到底
是山失了僧
是僧失了山
到底是怎樣下的山
有沒有下山
要不要下山
甚且有沒有山
問來問去

霧裏雲裏
沒有一隻鳥說得清

——民國六十一年十月十四日

長城謠

長城斜了，長城歪了
長城要倒下來了啊長城長城
堞影下，一整夜悲號
喉嚨叫破血管
一腔熱
嘉峪關直濺到山海關
喊人，人不見

喊鬼，鬼不見
旋地轉天的暈眩，大風砂裏
磚石一塊接一塊
一塊接一塊磚石在迸裂
搖撼比戰國更大的黑影
壓下來，壓向我獨撐的血臂

最後是樓上，衆人推牆
霹霹靂靂的一陣洗牌聲
拍我驚醒

——民國六十一年十月二十日

呼喚

就像小的時候
在屋後那一片菜花田裏
一直玩到天黑
太陽下山，汗已吹冷
總似乎聽見，遠遠
母親喊我
吃晚飯的聲音

可以想見晚年
太陽下山，汗已吹冷
五千年深的古屋裏
就亮起一盞燈
就傳來一聲呼叫
比小時更安慰，動人
遠遠，喊我回家去

——民國六十一年十月

大江東去

大江東去，浪濤騰躍成千古
太陽昇火，月亮沉珠
哪一波是捉月人？
哪一浪是溺水的大夫？
赤壁下，人弔髯蘇猶似髯蘇在弔古
聽，魚龍東去，擾擾多少水族
當我年老，千尺白髮飄

該讓我曳著離騷
嫋嫋的離騷曳我歸去
汨羅，采石磯之間讓我游泳
讓不朽的大江爲我滌罪
冰肌的江水祝我永生
恰似母親的手指，孩時
呵癢輕輕，那樣的觸覺
大江東去，千唇千靨是母親
舐，我輕輕，吻，我輕輕
親親，我赤裸之身
仰泳的姿態是吮吸的姿態
源源不絕五千載的灌溉
永不斷奶的聖液這乳房

每一滴，都甘美也都悲辛
每一滴都從崑崙山頂
風裡霜裡和霧裡
荒荒曠曠神話裡流來
大江東去，龍勢矯矯向太陽
龍尾黃昏，龍首探入晨光
龍鱗翻動歷史，一鱗鱗
一頁頁，滾不盡的水聲
勝者敗者勝高低同樣是浪潮
浮亦永恆沉亦永恆
順是永恆逆是永恆
俯泳仰泳都必須追隨
大江東去，枕下終夜是江聲

側左，滔滔在左耳
側右，滔滔在右頰
　側側轉轉
　揮刀不斷
失眠的人頭枕三峽
一夜轟轟聽大江東去

——民國六十一年十一月十三日

看手相的老人

一連三夜，他從惡魔中叫醒了自己
熱夢裏叫出一床冷汗
他口乾，他是一尾失聲的魚
呼聲斷在夜的深處
鞭不出迴響，戶外，月蝕如故
龐大的眈眈黑視如故
第四天他找到那老人

那看手相的老人，滿臉皺紋
千年的白髮垂下來，蓋住全身
一隻鳥爪從髮中伸出
將他冷顫的手捉住
沉抑的喉音從鬚間透出
「攤開你掌心吧，沒關係
當然裏面有一個秘密
你說你擔心，誰的，你的命運？
你自己，不是別人的命運？
我懂。　謝謝你，我不用燭光
月蝕不月蝕對我都一樣
眼睛睡去，耳朵更清醒
你的呼聲，夜夜我聽見你驚呼

搠過來，夜的那頭到這頭
七個少年先後來看我
要我解答掌中的謎底
不就全握在你手裏，你的命運
你不掌握，要誰來掌握？
你不放手，誰敢逼你放手？
摸你的心事縱橫，溝影深深
你的掌，割裂成皺面的老人
輕輕年紀，怎麼一拳握千歲的傷心？
莫哭，好孩子，莫哭
七個少年先後來問我
你只是第七，不會是最後一個
摸你們的掌紋怎麼大同小異

委委曲曲的線條裏，隱隱，我聽見
同樣的水聲南下，四川流下流漢水
北上是烏江應著湘江
激盪滾滾的大江東去
聽，時間捲進你手掌嘯出漩渦
五根手指這樣豎起來
滾滾流過，滔滔流過
便拔起磅磅礴礴做五嶽
共工撞歪的天空你扛住
完全一致，年輕的掌紋
右手的手指比左手的手指
一匹火鬣的太陽七兄弟都擒住一匹
只要一握手，掌心印著掌心

只要一握手就是證明」

——民國六十一年十一月十九日

小招

——歲暮懷愁予

那浪子，像所有的浪子一樣
結局是清麗的失蹤
絕句絕，酒罎空
只留下炊煙嫋嫋的一縷美名
繚繞他昔日的夢境
北回歸，一個人在天涯未回歸
鷗在堤外，港在雨裏

從前有一個島，叫什麼名字
似乎他已忘記

他在時防波堤不覺得怎麼寂寞
北佬的鄉音南人的灑脫
他的詩是仙人才生的病
把火車倒騎成一隻鶴
基隆到臺北只一驛雲
那浪子，如今異國的江湖上飄流
吟失詩伴，飲無酒友
又是耶誕近時
他把心事深深都踩成雪上的靴印

——民國六十一年十一月二十四日

戲為六絕句

水

水是一面害羞的鏡子
別逗她笑
一笑，不停止

海峽

早春的海峽
那麼大的一塊藍玻璃
風吹皺

楓　葉

秋天，最容易受傷的記憶
霜齒一咬
噢，那樣輕輕
就咬出一掌血來

秋暮

黃昏黃昏你慢慢地燒
落日落日你慢慢地沉
　天高高
　地冷冷
雁在中間叫一聲

白楊

九月啊九月
是誰一張金黃的心
飄飄零零
在風裏燦燦地翻動黃金
翻過來，金黃
翻過去，黃金
誰掉了一顆金黃的心？

召鳥

樹說鳥屬於渾渾的大地
浪說鳥屬於汪汪的大海
天什麼也沒說
　除了雲
　除了風
和一些日起日落的旗語

樓頭

看一把晚霞燒艷了半壁天
黃昏是愈煨愈低
寒氣從江面削過來
所有的鬚眉奮怒都朝西
三杯紹興剛下肚
一股豪氣上衝
滿座相看，浪子盡成英雄

想這時該有一把劍
向殘霞膾靄的冷爐裏
旭日一輪挑出
不然也該有一管簫
把暮色想說
又說不分明的如此如此
惻惻說給誰聽

只是劍已銹蝕，簫已瘖啞
而酒一驚醒
英雄都回到潼關以西
一架七四七的呼嘯遠後
落日淡下去，如一方古印

低低蓋在
一幅佚名氏的畫上

——民國六十二年二月十九日

守夜人

五千年的這一頭還亮著一盞燈
四十歲後還挺著一枝筆
已經，這是最後的武器
即使圍我三重
困我在墨黑無光的核心
繳械，那絕不可能
歷史冷落的公墓裏

任一座石門都捶不答應
空得恫人，空空，恫恫，的回聲
從這頭到時間的那頭
一盞燈，推得開幾呎的渾沌？
壯年以後，揮筆的姿態
是拔劍的勇士或是拄杖的傷兵？
是我扶它走或是它扶我前進？
我輸它血或是它輸我血輪？
都不能回答，只知道
寒氣凜凜在吹我頸毛
最後的守夜人守最後一盞燈
只為撐一幢傾斜的巨影
做夢，我沒有空

更沒有酣睡的權利

——民國六十二年二月二十二日

阿善公

看天的眼睛蒼蒼
看海的眼睛茫茫
阿善公的眼睛
蒼蒼又茫茫
春天來後
他就蹲在那邊的苦梨樹下
讓蜻蜓停在白髮上

風從秧田裏吹過來
白髮飛，蜻蜓也飛
白髮停蜻蜓也停
半透明的薄翼在風裏微顫
阿善婆死後常常就那樣
下午一蹲就矮成了黃昏
田埂彎彎接來四面的蒼茫
阿善公是死不了的
阿善公不能死
阿善公要是死了
那些記憶，他的，該怎麼辦？
水井枯了
青蛙，該怎麼辦？

古屋燒了
老鼠，該怎麼辦？

——民國六十二年二月二十三日

投胎

在伶仃的年代
赤裸裸地讓我
牙牙，一路爬回家去
爬回民謠那樣
深不見底的洞裏
讓我翻身跪倒
一半懺悔，一半是禱告

一個匍匐的嬰孩
膜拜用五體來膜拜
爲了重認母親
吮甘醇的母奶
張開肥沃的子宮啊
讓我再從頭
向你投胎

——民國六十二年三月十二日

搖搖民謠

輕輕地搖吧溫柔的手
民謠的手啊輕輕地搖
輕輕地搖吧溫柔的手
搖籃搖籃你輕輕地搖
炊煙炊煙你輕輕地吹
黃昏黃昏你彎下腰
你彎下腰來輕輕地搖

你一面搖
我一面擺
溫柔的手啊你一面搖

輕輕地搖吧催眠的手
民謠的手啊慢慢地搖
慢慢地搖吧催眠的手
搖籃搖籃你慢慢地搖
織女織女你慢慢地飛
黑夜黑夜你低低地垂
你垂下髮來慢慢地搖
　你一面搖
　我一面睡

催眠的手啊你一面搖

狠狠地搖吧健美的手
民謠的手啊狠狠地搖
狠狠地搖吧健美的手
搖籃搖籃你狠狠地搖
太陽太陽你亮亮地敲
黎明黎明你伸直腰
你伸直腰來狠狠地搖
　你一面搖
　我一面醒
健美的手啊你一面搖

——民國六十二年三月十二日

雨後寄夏菁

高不可捫深不可測
那般不著邊際的一穹黑淋漓
細細，被一聲蟋蟀
牽來牽去牽起
一絲一絲的相思，纖纖不絕
北方的鍬鞭南方的瓜架
從小聽慣那樣的歌韻

牆角應著矮圍籬
遠從詩經的第一句起
聽慣那樣的嚀嚀，叮叮
那樣嫋嫋地惹人牽掛
嗯，怎能把一截剪下
一方小小的郵票
送給浪遊更遠的那人
縱長城走萬里運河流千年
也難抵細細的一絲蟋蟀
把忘歸的浪子牽回
北方的灶頭啊南方的井湄

——民國六十二年四月九日

水仙操

——弔屈原

把影子投在水上的，都患了潔癖
一種高貴的絕症
把名字投在風中的
衣帶便飄在風中
清芬從風裏來，楚歌從清芬裏來
美從烈士的胎裏帶來

水劫之後，從迴盪的波底升起
猶佩青青的葉長似劍
燦燦的花開如冕
缽小如舟，山長水遠是湘江

——民國六十二年端午

起飛

一聲長嘯震愕了所有的屋頂
大快吾意的囂鬧中
一反手就脫下這都市像脫下
溼貼貼的一身舊雨衣
千層霾底轟轟烈烈地縱上來
看，這上面的清虛永不生銹
圓滿無憾的水晶球

一泓藍幻幻裏流轉著黃金
舉起一杯鮮橙汁
把新釀的陽光注進體內
把所謂現實
把滿地黑蕈的雨傘
把傘下青苔的靈魂
都交給雲，水氣滃鬱的灰雲
去慢慢地戲弄吧
飛，原是一種豪健的告別式

——民國六十二年六月二日飛香港

降落

上面外面這世界悠悠盪盪在半空
黑暗無始正如黑暗無終
什麼也看不見摸不著捉不住
如果這就是永恆我不要永恆
如果這就是天國我可憐天使
不著邊際的雲遊算不算自由
外面，上面，冰冰這世界？

最後，是一片溫柔的嘴唇
我的冷耳忽然被吻醒：
「各位旅客，臺北就要到了
當地的時間是十一點十分
下面的氣溫是華氏七十四度
正下著小雨」　　溼溼的流光中
燈火兩三，閃著誰的家？
燈火六七，閃著誰的城？
千燈萬燈牽成一張大地網
投入不投入要不要投入？
忽然，翅膀一斜
蹈火的姿態自焚的決心
（火啊火啊我回來了！）

奮疾向下撲去

——六月四日自香港回臺北

預言

一百年後等洪水全部退盡
峥峥他的額角猶屹立
大斧劈他的顏貌成不撼的巨岩
澎澎湃湃的年代
劈來劈去劈出
令人駭目的一面絕壁
在仰望之中峭峭削起

漩渦叫，繞著意志的稜角
一切濁流
到此不由不改道

——民國六十二年六月七日

飛將軍

兩千年的風沙吹過去
一個鏗鏘的名字留下來
他的蹄音敲響大戈壁的寂寂
聽，匈奴，水草的淺處
臉色比驚惶的黃沙更黃
他的傳說流傳在長安
誰不相信，霸橋到霸陵

他的長臂比長城更長
胡騎奔突突不過他臂彎
柳蔭下，漢家的童子在戲捉單于
太史公幼時指過他背影

弦聲叫，矯矯的長臂抱
咬，一匹怪石痛成了虎嘯
箭羽輕輕在搖
飛將軍，人到箭先到
舉起，你無情的長臂
殺，匈奴的射鵰手
殺，匈奴的追兵
殺，無禮的亭尉你無禮

殺，投降的羌人
殺，白髮的將軍，大小七十餘戰
悲哀的長臂，垂下去

——民國六十二年七月十八日

西出陽關

一出松山
一出現代的陽關
兩頰便輪番笞打
灼熱的兩頰，撻，被四方風雨的淒寒
一鞭汗，一鞭血，一鞭雨
所謂國際
那樣的氣候便是

天空是祖先禱過的天空
土地是祖先鋤過的土地
脊椎是不屈向誰的脊椎
陰陰鬱鬱的天地間
我就是我，北京人一樣地站著
堂堂的北京人我就是
屬於中國
不屬於北京

——民國六十二年八月四日

斷　奶

一直，以爲自己永歸那魁偉的大陸
從簇簇的雪頂到青青的平原
每一寸都是慈愛的母體
永不斷奶是長江，黃河
千鋤萬鋤鋤開的春天
搖一隻無始無終的搖籃
我的祖先，和祖先的祖先

全在那裏面搖睡，搖醒
她是劉邦，也是項羽的母親
一直，以爲自己只屬於那一望大陸
爲了一張依稀的地圖
淚溼未乾的一張破圖
竟忘了感謝腳下這泥土
衣我，食我，屋我到壯年
海外這座永碧的仙山
富麗而長，滿籃鳳梨與甘蔗
屹對颱風撼罷又地震
一年孕兩胎蓬萊肥沃的生命
一直，以爲這只是一舢渡船
直到有一天我開始憂慮

甚至這小小的蓬萊也失去
才發現我同樣歸屬這島嶼
斷奶的母親依舊是母親
斷奶的孩子，我慶幸
斷了嫘祖，還有媽祖

——民國六十二年十一月六日

處女航

一自下山去後，小葉與少聰
一舸煙霞載著
仙侶輕搖著雙槳
悠悠盪盪，四海便雲遊去了
山中日月，世上風雨
相思林任他編織著思念
一針復一針，細細纖纖

野鴿任他綠陰裏低呼，咕咕
清明過後是端午，一去十年
下山的人啊再也不回顧

再也不回顧，蔦蘿千條
也牽他不住，長廊外
鐘聲遲遲，又敲斜一個下午
漸海上風變
仙帆捲進妖嘯的溺流
黑潮白浪，怪渦在舷邊張口
所有的處女航傳說都一樣
看一徑蜿蜒
萬劫的世界在腳底展開

烈士下去，逸士上來

——民國六十二年十一月十日大度山

詩　人

——和陳子昂抬抬槓

前有古人，後有來者
中間的一炬火你擎傳
一手手，從前接來
一手手，向後傳去
燙手的光奮掙，擒在你拳裏
風吹雨打你的髮看你的亂髮
天地一愣間觸電而燃燒

你的臉發出傳說中的光芒
近時不顯，遠時才赫現
凡你過處，群魍必啾啾追逐
何須愴然而涕下
你和一整匹夜賽跑
永遠你領先一肩
直到你猛踢黑暗一窟窿
成太陽

——民國六十二年十一月十六日

貝多芬

——一八〇二年以後
他便無聞於噪音

憤怒的幽靈從來不死去
有一些生者不讓他死
有一些怕鬼的人不相信
魁梧的魂魄肯伏在墓裏
不相信孩子們的耳朵能抗拒
身後，他漩渦不斷的迴聲

驚拳搗門，一夜是幾遍？
怕鬼的人從三更到五更
把一本紅皮小冊子唸成符咒
叫吼所有的咒語來壯膽
所有的巫師齊誦經文
能不能淹沒宏大的樂音？
拿頗崙的蹄聲，號聲，炮聲
千倍萬倍的鼓噪能不能嚇退
赫然一張死面，目光厲閃如電
虬指的亂髮矯矯飛旋
那意志，亢昂不屈那意志
不屬德意志，屬自由的人
不怕鬼的人，坦坦夜行的人

不怕仲尼，不怕法朗慈和亞馬狄斯
所有戴光冕的人都不怕
讓怕鬼的人翻開所有的墳墓
一鞭從今人打到古人
驍悍的幽靈從來不死去
揮鞭的人不讓他死
揮鞭的手，你顫抖，揮鞭的手
鬼不在墓裏，在你心裏
冷汗溼，失眠症的患者
鼓聲是心悸，聽，誰在擂門？
命運第一句，霹靂四個重音
二十五年的緊閉後，誰，在捶門？

——民國六十三年一月三十一日

小小天問

不知道時間是火焰或漩渦
只知道它從指隙間流走
留下一隻空空的手
老得握不成一把拳頭
只知道額頭它燒了又燒
年輕的激情燙得人心焦
焦掉的心只剩一堆灰

爲了有一隻雛鳳要飛
出去，顫顫的翅膀向自由
不知道永恆是烈火或洪水
或是不燃燒也不迴流

——民國六十三年二月一日

自嘲

先知與聖徒的孩子們
在沙漠裡又吵了一架
阿拉丁把神燈只擦一擦
每一滴，啊，每一滴油
比耶穌的血更昂貴
冉冉騰起，那巨靈的陰影裡
我們竟縮小一倍，十倍

阿拉，該怎樣我們才能贖罪？
百貨飛升，比賽放風箏
車票，百分之六十
香煙，百分之廿五
昨天，買得動公象
今天，買不起母鼠
只有我的詩，不靈的神燈
稿費不降也不升
價目長保著穩定
或許——
這也算一種永恆

——民國六十三年二月三日

虎年

虎來的時候什麼地方最安全？
是亂草叢，是怪石間？
是深谷下，是長松巔？
是滿弓一彎躲在那後面？
腥風一動他便從半空裡躍落
怔住，心悸的千壑萬壑
凜凜空山嘯盪著迴聲

黑黥紋身在黃脊背上翻滾
催眠的律動令人目迷
愕望奧秘的驚險霹靂已撲到
虎來了，我們惶叫，虎來了
虎來了，馴虎的壯士你何在？
什麼地方，你教我們，最安全？
什麼地方，你警告說，最危險？
什麼地方最危險最安全？
教我們該如何騰上那虎背
捋他的鬍髭，攫他的頸肌
把危機馳成威武的氣勢
噬人的悍獸鍊成神駒
一種黃底黑花的節奏

肩膂在崎嶇之上起伏如波
絕壁，躍過，直削的深澗，躍過
啊壯士，虎背難登更難下
伸縮駭人那一匹斑爛
該如何教我們去駕馭
像乘騎輕輕搖擺的錦鞍
教我們騎虎如何不縱虎
如何跨下蹲伏的繡紋
右腳要安全左腳應冒險
山，睡得太沉，這島上
豎耳待虎嘯猝裂一聲

——民國六十三年二月五日

白玉苦瓜

——故宮博物院所藏

似醒似睡，緩緩的柔光裏
似悠悠醒自千年的大寐
一隻瓜從從容容在成熟
一隻苦瓜，不再是澀苦
日磨月磋琢出深孕的清瑩
看莖鬚繚繞，葉掌撫抱
哪一年的豐收像一口要吸盡

古中國餵了又餵的乳漿
完美的圓膩啊酣然而飽
那觸覺，不斷向外膨脹
充實每一粒酪白的葡萄
直到瓜尖，仍翹著當日的新鮮

茫茫九州只縮成一張輿圖
小時候不知道將它疊起
一任攤開那無窮無盡
碩大似記憶母親，她的胸脯
你便向那片肥沃匍匐
用蒂用根索她的恩液
苦心的悲慈苦苦哺出

不幸呢還是大幸這嬰孩
鍾整個大陸的愛在一隻苦瓜
皮靴踩過，馬蹄踏過
重噸戰車的履帶壓過
一絲傷痕也不曾留下

只留下隔玻璃這奇蹟難信
猶帶著后土依依的祝福
在時光以外奇異的光中
熟著，一個自足的宇宙
飽滿而不虞腐爛，一隻仙果
不產在仙山，產在人間
久朽了，你的前身，唉，久朽

爲你換胎的那手，那巧腕
千眄萬睞巧將你引渡
笑對靈魂在白玉裡流轉
一首歌，詠生命曾經是瓜而苦
被永恆引渡，成果而甘

——民國六十三年二月十一日

逆泳

大寒流之夜，一腳落進了長江
遂逆流而泳，從下游向上游
逆洪流逆一切湖妖和水怪
泳向上游向天府之邦
向少年向一首熱歌在抗戰時代
唱沸少年的血在胸膛
我雖已中年，血猶嘯熱肌腱猶奮亢

逆泳有超級選手我就是
縱夜深水急股筋欲痙攣
亦不甘自溺於汨羅魂散瀟湘
「醒一醒，光中，」她將我猛撼
「怎麼你滿身冷汗夢話哽哽？」
一腳才發現還伸在氈外
酸痛的腳，遙遙，向對海
向那時的童年，此時的夢魘

——民國六十三年二月二十八日

大寒流

大寒流從西北凜凜地捲來
從天封地凍的西北
風勁雲湧空空的大陸
從黯黯的窮西到澹澹的極北
仆長城萬里一條凍僵的恐龍
從城下，孟姜女無助的哭聲
從城外，蘇武哀鳴的羊群

從飛將軍也迷路的戈壁
昭君的琵琶怨到如今
從雁門，從玉門，從陽關以外
從戍卒，從哀我征夫的夢裏
大寒流從大陸滾滾地捲來
削我的鼻，冷鋒，剃我的汗毛
血，痛醒，在耳稜上嘶叫
帶來熟悉的，陌生的回憶
堆雪人，打雪戰，滾雪球
放學回家，母親熱烘烘的灶頭
一縷飯香派到籬外來接我
一朵一朵，阿黃的腳印
在處女白上留多少梅花

雪，天長地久蓋住了寒假
南方，只剩下幾口水井
北方，只露出一隻煙囪
小時候的冬夜怎麼不怕冷
四萬萬人擠一張大床
令人在長夏悠悠的島上
永綠的棕櫚下懷念凍瘡
從師大回家，走下和平東路
然後是同安街廈門街長巷長巷
窄窄彎彎成深長的回憶
寒流寒流你剛來自家鄉
該知道家鄉發生的近事
我朝南的那扇窗子，來時

外面的一樹梅，愈古愈清香
綻開了沒有？開了多久？
站在下風的地方，怔怔我問
那寒流，掃整幅大陸而下
那寒流，從陰山上滑雪而來
那寒流，從一首古老的民謠裏揚起
一張忘了的賀年片裏吹來
那寒流他什麼也不肯說
凜冽了二十五年什麼也不說
除非向黑白片窺天荒地老
側影斷斷續續的背影側影
安東尼奧尼你喃喃的低吟
探你的鏡頭入我的夢境

滔滔的大寒流你來自西北
帶來愴然欲下的涕淚
古人何罪今人亦何罪？
帶來咳嗽，狼嗥一陣陣的嗆咳
和間歇爆發，乍一聲悲壯的噴嚏
啊大寒流你帶來這樣的信息！

——民國六十三年二月二十六日

鄉愁四韻

給我一瓢長江水啊長江水
　酒一樣的長江水
　醉酒的滋味
　是鄉愁的滋味
給我一瓢長江水啊長江水

給我一張海棠紅啊海棠紅

血一樣的海棠紅
沸血的燒痛
是鄉愁的燒痛
給我一張海棠紅啊海棠紅

給我一片雪花白啊雪花白
信一樣的雪花白
家信的等待
是鄉愁的等待
給我一片雪花白啊雪花白

給我一朵臘梅香啊臘梅香
母親一樣的臘梅香

母親的芬芳
是鄉土的芬芳
給我一朵臘梅香啊臘梅香

——民國六十三年三月

霧社

櫻花謝了，啊酋長，武士刀也銹了
永不褪色是烈士的熱血
一聲怒吒便紅到如今
此外，更無仰攻的旌旗
唯鬱鬱的林莽，一綠無際
長夏用蒼蒼祐你安眠
不銹是番刀不朽，啊酋長

大佐的脊背凜到東京
那鋒芒，悲憤的目光淬亮
銅鐲鏘鏘，泰耶魯的體魄六尺
仆下，爲拔起英挺的碑石
牌坊峨然，拱四壁的峰巒峻起
事件過後，蟬聲如忘
山徑九折旋來平地的班車
看番社的水果攤上
李猶酸齒，水蜜桃的記憶
茸茸澀口，不水也不蜜
天主堂的晚鐘動時，一丸頹日
駭然向來時的山口落下
猶似當年在升旗，不，降旗

——民國六十三年七七之夕於霧社復興文藝營

碧湖

怎麼窄窄，只一扇後門
一推竟推開，咦，十里碧澄澄
迢迢一面迷幻鏡
一汪清虛漣漪也不起
不可信的奇蹟，不見不相信
見了，一半信，一半猶可疑
看，拔尖峭起是林木矗矗

翠柯交翳，徹徹透出蟬聲
山神私藏在層巒深處更深處
霞晚霧晨，萬夏千春
一片心，只剖向蕃社的日月
泰耶魯的民謠，聞說有一首
疊句反覆，用原始的節奏
歌詠脈脈這一泓青睞
當鼓聲擂動豐年的祭樂
波光流眄六社的孩子
世世代代好深沉的祝福
神啊他手刃了自己的血嗣
酋長他有個悲切的名字
烈士的肌腱痛切成碑石

部落的舊創，隱隱，被切痛
切痛兵器銹蝕的缺口
沁涼的湖氣裏，青山如睡
半角紅亭嫵媚迴轉的坡路
渾不記殺喊聲中，啊當年憶當年
乍一座活火山在此飛迸
一丸太陽旗鍊不成仙丹
餘波撼，遠搖富士的山腳
事件灰飛煙滅，於今只留下
一隻水禽過處，白影正翩翩
無憾的鏡面且飛且回顧
看一曲綠水疊嶂裏蜿來
酋長，蜿你額上當年的佩帶

而中流豁豁抽開，啊幻湖
酋長酋長你彎刀猶裸露
西去裸冽冽的寒光向晚
奮力一劈後不肯再回鞘

「水面起霧了，露水就要下降
下湖的小路已接通蒼茫
回去吧，莫冷了桌上的晚餐
莫等冷那鯉魚，昨天剛釣起
湖的心事，新事，舊事？
待我們回去，不，你先請
向花雕的烈焰細細品嚐」
說著，他把那後門掩上

碧湖山莊那主人
起霧的迷鏡他闔上，邃深而冷
那樣小，用一面鏡蓋子

——民國六十三年七月十一日於霧社

附錄

本書相關評論索引

評論文章	評論者	原載處	原載日期
余光中的〈白玉苦瓜〉	吳　籟	東吳青年	一九七五年一月
〈白玉苦瓜〉讀後	張良旭 李玉英	文心	一九七五年五月
淺論〈白玉苦瓜〉	黎模霖	文心	一九七五年五月
由〈白玉苦瓜〉看詩人的獨白	姚百勤	文心	一九七五年五月
評余光中的〈白玉苦瓜〉	掌　杉	中外文學	一九七五年十一月
在時間裏自焚 ——論余光中〈白玉苦瓜〉	凝　凝	中外文學	一九七五年十一月

一盤怎樣的苦瓜？	賴碧玲	新潮	一九七六年一月
〈白玉苦瓜〉與童詩	陳美羿	國語日報	一九七六年六月二十日
品瓜錄 ——讀余光中先生詩集〈白玉苦瓜〉	王　灝	詩脈季刊	一九七六年七月
剖切余光中〈白玉苦瓜〉的心境	弦外音	臺灣日報	一九七六年八月四日
評戴望舒「災難歲月」的三首詩 ——兼評余光中的〈白玉苦瓜〉	李元貞	夏潮	一九七八年三月
流轉的白玉 ——淺論〈白玉苦瓜〉	荻　穎	嘉義青年	一九八〇年五月
節制與奔流 ——余光中索隱之一	蕭　蕭	文壇	一九八一年五月
當胸一掌的手印 ——淺析余光中〈海棠紋身〉	張樹林	新明日報（吉隆坡）	一九八二年六月五日
海外遊子的戀歌 ——讀余光中〈鄉愁〉與〈鄉愁四韻〉	李元洛	名作欣賞（大陸）	一九八二年

余光中的〈白玉苦瓜〉賞析	翁光宇	青年詩壇	一九八三年
神思縱橫吟苦瓜——余光中〈白玉苦瓜〉賞析	楊　然	名作欣賞	一九八五年
鍾整個大陸的愛在一隻苦瓜——余光中〈白玉苦瓜〉等詩漫評	陳聖生	臺港文學選刊（大陸）	一九八五年十月
兩類反諷——瘂弦〈上校〉余光中〈長城謠〉	流沙河	隔海說詩	一九八五年
奔流的生命談余光中	蕭　蕭	自由青年	一九八七年一月
不滅的中國情結——讀〈民歌〉	李　浩	當代臺港文學名作賞析	一九八九年
從余光中的〈鄉愁〉所想起的	曾　天	暹邏日報（曼谷）	一九九二年七月三十日
錦文回首一天星——〈白玉苦瓜〉的另一種讀法	江弱水	淡藍為美	二〇〇〇年六月
余光中〈白玉苦瓜〉的修辭技巧	李翠瑛	明道文藝	二〇〇一年八月

我如何教這一課——余光中的〈白玉苦瓜〉　程美鐘　國文天地　二〇〇一年十一月

生命的苦瓜，藝術的正果——導讀余光中的〈白玉苦瓜：故宮博物院所藏〉　唐捐　幼獅文藝　二〇〇四年九月

〈白玉苦瓜〉賞析　吳靜宜　胡君暉　國語日報　二〇〇七年十二月二十九日

【翻譯作品】

守夜人（中英對照）　定價290元

《守夜人》有異於一般詩選，精選余光中寫詩半世紀最精彩的代表作。由作者自譯，中英俱佳。不論是欣賞中文、學習英文，本書是最好的範本。首首名詩、句句是佳譯，九歌鄭重推薦。

◎上列作品單冊八五折。團體購書，另有優待，請電洽。

◎日後定價如有變動，請以各該書新版定價為準。

◎ 購書方法：

・網路訂購：九歌文學網：www.chiuko.com.tw

・郵政劃撥：0112295-1，九歌出版社有限公司

・信用卡購書單，電索即傳。請回傳：02-2578-9205

・電洽客服部：02-2577-6564分機9

【評論】

井然有序　定價360元

——余光中序文集

余光中的序文並採微觀與宏觀，兼有情趣與理趣，不但份量頗重，而且演爲書評，每於賞析之餘，更進而評價，甚且定位。榮獲八十五年聯合報「讀書人」版年度十大好書。

藍墨水的下游　定價230元

余光中的評論有學者的淵博，更具作家的經驗與眞知，所以讀來不覺其「隔」。

他的評論文章所以遍得青睞，另一原因在於他「以文爲論」，靈光一閃，常見生動的比喻，富於形象思維。

含英吐華　定價280元

——梁實秋翻譯獎評語集

余光中主持「梁實秋文學獎」翻譯類的評審，在評語中，他詳論得獎譯作的得失，指點改進之道，更親自出手示範。不但展示翻譯的功力，也可窺見他詩學之精、詩藝之高，值得有志研究英詩或從事翻譯者，認眞學習。

青銅一夢　　定價270元

黃維樑說：「如果要用一句話來形容余光中的散文，則『精新鬱趣、博麗豪雄』當可稱職。把他的散文放在中國歷代最優秀的散文作品中，余光中的毫不失色。他的散文是中國散文史上璀璨的奇葩。」

從徐霞客到梵谷　　定價290元

榮獲1994年《聯合報・讀書人》「最佳書獎」。余光中以詩爲文，以文爲論，兼具知性與感性，調和客觀與主觀。或論山水遊記，或論西方繪畫，或析中文之常與變，或自述創作如何取材，莫不說理透徹，情趣盎然。

余光中精選集　　定價290元

陳義芝說：余光中不需要推薦，四方都傳誦他的詩文。他引領讀者在人文情思的路上觀奇涉險，在想像力的鍛鍊與世事的認知上獲得多重驚喜。通體洋溢著一股堂堂正正之氣。那是一種自給自足、綽有餘裕的才能。

逍遙遊 定價220元

這是余光中最具代表性的文集，書中文章多次被選入各類選集中。書中的二十篇文章，皆是1963至1965年間所寫，文體兼具知性與感性。本書收錄了青春盛年的余光中，值得讀者品味再三。

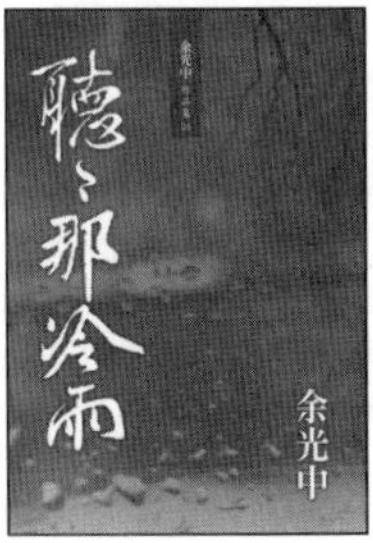

聽聽那冷雨 定價230元

是余光中43到46歲間的文集，從抒情的〈聽聽那冷雨〉到幽默的〈借錢的境界〉，從書評、序言到詩論、樂評，都是作者第三次旅美回台以迄遷港定居之間的心情與觀點。〈聽聽那冷雨〉一文風行兩岸。

望鄉的牧神 定價250元

從〈咦呵西部〉到〈地圖〉，五篇新大陸的江湖行，字裏行間仍有我當日的車塵輪印，印證我「獨在異鄉爲異客」的寂寞心情。後面的十九篇評論，見證我正走到現代與古典的十字路口，準備爲自己的回歸與前途重繪地圖。

【散文】

憑一張地圖 定價180元

余光中唯一的小品文集。輯一「隔海書」裏的小品，除了旅途中趕出來的之外，都是沙田樓居，對著吐露港的水光寫成。輯二「焚書禮」卻是壽山樓居，面對著高雄港和外面的臺灣海峽。有樓，總是有興。有水，總是有情。

隔水呼渡 定價220元

散文家余光中的風格，小品與長篇兼勝，陽剛與陰柔並工，知性與感性相濟，文言與白話交融。本書作品多爲遊記，所述地區除臺灣南部之外，更遠及英國、法國、德國、瑞士、西班牙、泰國；其風格則抒情寫景中有博學深思。

日不落家 定價210元

余光中的純散文集，有短到幾百字的俏皮小品〈三都賦〉，也有長逾萬言的汪洋巨篇〈橋跨黃金城〉。南非、西班牙、巴西的幾篇遊記，都敘事生動，見解高超。他如〈開你的大頭會〉之惹笑，〈日不落家〉之深情，都有可觀。

蓮的聯想 定價220元

作者巧用蓮的意象，由物到人，由人到神，經營出即物、即人、即神的三合一疊象，將植物的、古典的、宗教的世界貫通成多元的意境。在情色文學的當代洪流之外，這可是一片唯心而純情的蓮華淨土。

白玉苦瓜 定價220元

生命走到這一站，詩藝探到這一層，應以臻於成熟之境：悲生命曾經瓜而苦，喜藝術終於成果而甘。隔了這麼多年，詩人已經老了，但詩心仍然年輕。那隻白玉苦瓜仍靜靜地夢著，醒著，在故宮博物院裏。世界在外面變了太多，那隻苦瓜應仍不改其甘吧。

高樓對海 定價220元

「高樓」是余光中在西子灣的樓居，所對的海便是台灣海峽了。多年來，那對海的高樓便是詩人「就位」之所。其結果便是〈浪子回頭〉、〈母難日〉、〈夜讀曹操〉、〈風聲〉等名作。詩人與海爲鄰，海便起伏在他詩裏。

九歌出版

余光中作品

【詩集】

敲打樂 定價120元

作者在美國講學時所寫，描寫異國風物、懷念妻子、爲先知造像、爲祖國擔憂，主題不一而足，詩藝亦富於變化。上接「五陵少年」的古典，下開「在冷戰的年代」的現代，印證作者詩藝的一個重要時期，妙品頗多，不可錯過。

五行無阻 定價170元

所收作品寫於1990至1994年間。主題廣闊，從戈巴契夫到俞大維，從張錯到楊麗萍，從故宮到長城，從撐竿跳到冰上舞，從人子孺慕到伉儷情深，腕底另有天地。〈私語〉的時空變位，〈在多風的夜晚〉的虛實相生，皆有奇趣。

余光中作品集 6

白玉苦瓜

作者	余光中
責任編輯	何靜婷
發行人	蔡文甫
出版發行	九歌出版社有限公司 臺北市105八德路3段12巷57弄40號 電話／02-25776564・傳真／02-25789205 郵政劃撥／0112295-1
九歌文學網	www.chiuko.com.tw
印刷	晨捷印製股份有限公司
法律顧問	龍躍天律師・蕭雄淋律師・董安丹律師
初版	2008年5月10日
初版9印	2017年12月
定價	220元

書號	0110206
ISBN	978-957-444-493-9

（缺頁、破損或裝訂錯誤，請寄回本公司更換）

國家圖書館出版品預行編目資料

白玉苦瓜／余光中著. -- 初版. --臺北市：
九歌， 民97.05
面； 公分. --（余光中作品集；6）

ISBN 978-957-444-493-9（平裝）

851.486 97005869